LES TOMBEAUX

DE

L'ABBAYE ROYALE DE St.-DENIS,

POÈME ÉLÉGIAQUE.

LES TOMBEAUX

DE

L'ABBAYE ROYALE DE Sᵀ.-DENIS.

PAR M. TRENEUIL.

Alexandre, ayant trouvé la sépulture de Cyrus ouverte et violée, fit mourir l'auteur de ce sacrilège, combien qu'il fût natif de Pella en Macédoine, homme de qualité, nommé Polymachus; et en ayant lu l'inscription, qui étoit écrite en lettres et paroles persiennes, il voulut qu'on l'écrivît aussi en lettres grecques au-dessous; et étoit la substance de l'inscription telle : « O homme ! qui » que tu sois, et de quelque part que tu viennes, car je suis assuré » que tu viendras, je suis Cyrus, celui qui conquit l'empire aux » Perses, et te prie que tu ne portes point d'envie à ce peu de terre » qui couvre mon pauvre corps. »

Ces paroles émurent grandement à compassion le cœur d'Alexandre, quand il considéra l'incertitude et l'instabilité des choses humaines.

(PLUTARQUE; *Vie d'Alexandre, trad. d'Amyot.*)

A PARIS,

CHEZ GIGUET ET MICHAUD, IMPRIMEURS-LIBRAIRES,

RUE DES BONS-ENFANTS, Nᵒ. 34.

M. DCCC. VI.

PRÉFACE.

S. Denis, ayant reçu sa mission du siège apostolique de Rome, pour porter la lumière de l'évangile à Paris, encore idolâtre, vit s'élever, contre lui et son église naissante, une des plus affreuses persécutions qui jamais ait ensanglanté le monde chrétien. Son glorieux ministère fut couronné par le martyre, vers la fin du troisième siècle. Une dame gauloise, nommée *Catulla*, touchée d'un respectueux attendrissement à la vue des restes de cet apôtre, sut, par un pieux stratagème, les dérober aux bourreaux, lorsqu'ils s'apprêtaient à les jeter dans la Seine ; elle les inhuma dans son jardin ; et la verdure du printemps couvrit bientôt les traces de ce larcin religieux. A peine le feu de la persécution venait de s'éteindre, *Catulla*, convertie alors au christianisme, bâtit sur le tombeau du saint martyr un humble oratoire, qui, renouvelé dans la suite, et construit sur un plan plus vaste par sainte Geneviève, s'agrandit insensiblement, et devint, au sixième siècle, une abbaye très florissante. Parmi les personnages qui contribuèrent le plus à sa splendeur, on distingue Clovis, Dagobert, Thierry III, Pépin, Charlemagne, l'abbé Suger et S. Louis. Charlemagne surtout, en 778, déploya dans la cérémonie de la dédicace toute la pompe qu'on pouvait attendre d'un prince si magnifique.

Cette abbaye, berceau de la foi de nos aïeux, fut l'objet du culte spécial et des pieuses libéralités de nos rois. Tous, depuis Dagobert, avaient choisi l'apôtre des Gaulois pour être le protecteur de leurs états et de leurs personnes. Et sans parler ici des services innombrables, rendus à la religion et aux lettres par l'abbaye de St.-Denis, on l'a vue former dans son sein au grand art de régner plusieurs héritiers du trône; donner au royaume de sages et d'habiles régents, offrir aux papes persécutés une retraite inviolable, terminer les différends survenus entre divers souverains, nourrir enfin les habitants de Paris dans des années de disette : digne et touchant emploi des trésors dont l'avaient enrichie des rois de France et d'Angleterre, des empereurs d'Allemagne et de Constantinople!

Mais les cendres de plusieurs rois de la première, de la seconde race, et de tous ceux de la troisième, depuis Hugues Capet jusqu'à Louis XV, renfermées dans son enceinte, la distinguaient principalement de toutes les églises de France. Dépouillée, en 1792 et 1793, de cet auguste dépôt qu'avaient respecté, dans leurs fréquentes invasions, les hordes innombrables et féroces du Nord, elle vient, à la voix de Napoléon Ier., d'être rendue à sa destination primitive, et d'être vengée, s'il se peut, d'un sacrilège inconnu dans les fastes du paganisme et de la barbarie.

Le décret impérial du 20 février 1806 autorise la muse de l'élégie à publier le chant funèbre, je dirai presque expiatoire, que, dans les jours malheureux, elle soupira sur les ruines de St.-Denis et la profanation de ses monuments. Elle semble avoir présagé ce décret consolateur, dont elle n'offre, en quelque sorte, que le développement moral et religieux. Puisse ce dernier hommage, rendu aux trois dynasties éteintes, par un sujet de Napoléon, contribuer à rétablir parmi nous le respect pour les tombeaux, et à rallumer, dans les cœurs des Français, leur amour antique pour la monarchie! Puissions-nous désormais, ainsi que tous les peuples instruits par nos longues discordes et nos longues misères, regarder les Souverains comme des êtres sacrés, les envoyés du Très-Haut et ses images inviolables!

LES TOMBEAUX

DE

L'ABBAYE ROYALE DE Sᵀ.-DENIS. (1

Dᴀɴs ces temps désastreux où, muette d'horreur,
La France en deuil rampait aux pieds de la Terreur,
Où, du jour expiré surpassant la misère,
Chaque jour enfantait un jour plus sanguinaire ;
Où furent asservis à d'homicides lois,
Les larmes, le regard, le silence et la voix ;
Où l'on eût dit que l'âme, elle-même enchaînée,
Craignait d'être aperçue et d'être devinée ;
Le besoin d'oublier Paris et ses tyrans
Guidait souvent mes pas solitaires, errants,
Vers la plaine célèbre où, non loin de la Seine,
Dominait, de la Mort majestueux domaine,

Cette abbaye antique, et servant à la fois
De temple à l'Éternel, et de tombe à nos rois.

Des hurlements, partis de cette auguste enceinte,
Me frappèrent un jour de surprise et de crainte :
Ah ! dis-je en soupirant, quel crime, quel malheur
Vient d'un jour si funeste irriter la douleur ?
Paris, dans cet instant, voit la hache inhumaine
Trancher sur l'échafaud la tête de sa reine ; (2
Et le sang de Louis, fumant aux mêmes lieux,
Si non à nos remords, parle au moins à nos yeux :
De quels nouveaux forfaits peut se noircir la France ?
Veut-elle, déployant sa stupide vengeance
Sur les Rois endormis dans leurs saints monuments,
De ce palais de mort chasser leurs ossements ? (3
Faut-il que du passé les sinistres images
Sur ce grand sacrilège éveillent nos présages ?
Quoi ! proscrits à leur tour, les hôtes des tombeaux
Vont, comme les vivants, être en proie aux bourreaux !

Cependant j'arrivai près de ces noirs abîmes,
Où la mort engloutit tant d'augustes victimes :
A la triste clarté d'un rayon qui se perd
Dans l'étroite longueur d'un souterrain désert,

Je vois se confirmer ma terreur prophétique :
O, m'écriai-je, ô toi qui, sous ton sceptre antique,
Rassemblais trois martyrs et dix siècles de Rois, (4
O Mort, s'il en est temps, va ressaisir tes droits :
Un ramas ténébreux de Tigres en délire
Aurait impunément dépeuplé ton empire!
Mort, où donc est ta proie? Et la Mort me répond :
Ma stupeur est égale à ton effroi profond;
Fuis ces lieux; va, témoin de l'exécrable fête,'
Qui, sous les murs du temple, en ce moment s'apprête,
Entendre et voir l'enfer dans toute sa fureur.

   Je sors et m'aguerris à des scènes d'horreur :
Quelle fête, grand Dieu! quels hymnes et quels prêtres!
Pour victimes encor vous choisissez vos maîtres!
Monstres! n'êtes-vous plus ni Français, ni Chrétiens?
Ainsi, des Ravaillac, des Clément, des Damiens,
La révolution, dans sa marche homicide,
Vient donc de féconder la cendre régicide!
Teints du sang le plus pur, vos parricides bras
Peuvent-ils consommer de plus noirs attentats?
Anéantirez-vous la royale poussière
Qu'avait su conserver la Mort hospitalière?

Quoi! même le plus saint d'entre les dieux mortels

Proscrit, et sans pudeur chassé de ses autels?

Accordez-lui du moins un asile à Vincenne,

Un tombeau de gazon, sous cet auguste chêne,

Où tous les jugements de ce roi paternel

Semblaient à nos aïeux des oracles du ciel.

Charles, qui se forma sur cet illustre exemple,

A-t-il perdu le droit d'habiter dans ce temple?

Et celui qui, toujours esclave de la loi,

Régna sur nos aïeux plus en père qu'en Roi?

Que les arts, dont François enrichit sa patrie,

De ses bourreaux du moins désarment la furie.

Vont-ils aussi des Rois partager le destin,

Ce sage et ce guerrier, Suger et Duguesclin,

Suger, enfant du cloître, et qui, né sans ancêtres, (5

Sut gouverner en père et la France et ses maîtres;

Et ce bon Duguesclin, dont la Victoire en deuil

Sous les murs de Randon couronna le cercueil ? (6

Fille et femme de Rois, malheureuse Henriette, (7

Tu ne peux conserver ta dernière retraite!

En proie à la fureur de l'inflexible sort,

Tu trouves des bourreaux, même au sein de la mort;

Et Charles, sans asile, errant dans sa patrie,
Perdit sur l'échafaud le trône avec la vie :
Ah ! puisque le Français, armé contre son Roi ,
Armé par la Terreur du poignard de la loi,
Imita dans son crime Albion infidèle ,
Que du moins il l'expie en le pleurant comme elle.
Toi, dont la mort s'est plu à conserver les traits, (8
Accueille le tribut de mes pieux regrets ,
Magnanime Louis ! ta tombe et tes images
Périssent, mais, vainqueur de ces lâches outrages,
Ton siècle, qui te doit toute sa majesté,
Te couvre des rayons de l'immortalité :
Siècle encor sans rival, rempli de ta mémoire,
Héritier de ton nom, et chargé de ta gloire.

Tandis que la tristesse attache mes regards
Sur tant de potentats confusément épars ,
Objets d'aversion dans la France rebelle, (9
Objets de tant d'amour dans la France fidèle,
Une effroyable voix retentit en ces mots :
« De ce jour, mes amis, couronnons les travaux ;
» Que ce jour solennel, ce grand jour de colère,
» De cet amas de Rois juge enfin la poussière.

» Dix siècles les ont vus, ces Rois usurpateurs,

» Boire de nos aïeux le sang et les sueurs ;

» Que la Vengeance crie aux trônes de la terre :

» Ni la Mort, ni le Temps n'endorment mon tonnerre ;

» Je sais, quand j'ai voulu les oublier vivants,

» Jusques dans leurs tombeaux foudroyer les tyrans. »

    L'assemblée applaudit, en mugissant de joie.

Accusateur et juge et bourreau de sa proie,

Chacun, sur la fureur dont il est transporté,

De l'arrêt qu'on attend règle l'atrocité.

« A la destruction de ces restes infâmes,

» Appelons, dit l'un d'eux, les ondes ou les flammes.

» Qu'associés, dit l'autre, au sort des animaux,

» Ils soient avec opprobre exposés sans tombeaux ;

» Et que la nation, de leur joug affranchie,

» Jure ici tous les ans haîne à la monarchie.

» Mais non, ils souilleraient, ces restes odieux,

» L'air de la liberté, la lumière des cieux :

» Que la terre plutôt, leur prêtant ses abîmes,

» Engloutisse avec eux et leurs noms et leurs crimes;

» Et de ce lieu désert, muet pour l'avenir,

» Que sous les pas du Temps meure le souvenir. » (10

La terre ouvre aussitôt ses entrailles fidèles.
Sur les feux, préparés par leurs mains criminelles,
Des ossements des Rois le plomb conservateur
Bouillonne, et se transforme en globe destructeur,
Tandis que mille voix, au massacre aguerries,
Commencent à hurler les hymnes des furies.

Tels, dans la solitude où fleurissent encor
Les opulents débris de l'antique Tadmor,
Des troupeaux rugissants de chacals et d'hyènes
La nuit, vont de la mort dévaster les domaines :
Tel, et plus odieux ce peuple de bourreaux,
Le feu, le fer en main, assiège ces tombeaux,
Dont les hôtes, ravis à nos pieux hommages,
Seront pleurés sans doute, et vengés par les âges.

Ah! parmi tant d'objets de respect et d'amour,
Quand chacun dans mon âme éveillait tour à tour
Les brillants souvenirs et les tristes pensées,
Qu'inspire le destin des grandeurs éclipsées,
Combien m'émut l'aspect du roi le plus chéri !
Il semblait respirer : Est-ce toi, bon Henri?...
Du poignard sur ton sein est empreinte la marque....(1)
C'est toi-même; et j'entends, ô généreux monarque !

Dans ton sommeil de mort ce rêve de ton cœur:

« Si jamais un héros, des factions vainqueur,

» Et ministre du ciel, devenu plus propice,

» Ramène dans l'état la paix et la justice;

» Si jamais il lui rend son trône renversé;

» D'un généreux oubli couvrant tout le passé,

» Puisse-t-il, comme nous, ami de la clémence,

» Pardonner en pleurant ces crimes à la France!»

Tandis que de ces Rois, la haine et le mépris

Dans un tombeau profane entassent les débris, (12

Quels hommes dans son temple avilissaient la gloire! (13

Quel adultère encens fumait en leur mémoire!

O monstrueux désordre! ô sacrilège horreur!

Que je sentis alors s'agrandir dans mon cœur

L'espoir et le besoin de la seconde vie,

Où doit à ce chaos succéder l'harmonie!

Oui, malgré les clameurs de l'incrédulité,

Disais-je, ce tombeau touche à l'éternité; (14

Et ces Rois, maintenant éteints dans la poussière,

S'éveilleront un jour rendus à la lumière.

Oui, ces restes sans nom que, d'un bras impuissant,

Le Temps et les mortels poussent vers le néant,

» Plus que tous les soleils, semés dans l'étendue,

» Fixeront du Très-Haut l'infatigable vue,

» Jusqu'au jour de colère, où l'Ange des tombeaux

» Aux pieds d'un Dieu vengeur traînera ces bourreaux. »

    Digne prix de ma foi, quelle auguste merveille

Vint charmer tout à coup ma vue et mon oreille !

Frappé d'un jour nouveau, je vis du haut des cieux

Un essaim d'immortels descendre vers ces lieux :

De leurs corps transparents, vêtus de légers voiles,

Où l'or parmi l'azur rayonnait en étoiles,

Le soleil nuançait l'ondoyante vapeur ;

Ils suspendent leur vol, et, réunis en chœur,

Sur l'orgue et la cithare ils chantent les prières

Propices au repos des mânes solitaires,

Consolent de nos Rois l'exil et l'abandon,

Et pour leurs assassins implorent le pardon :

« O Rois ! dans vos débris la France vous outrage ;

» Mais tandis qu'elle exhale une impuissante rage,

» Vos esprits satisfaits règnent dans un séjour,

» Qu'habitent et la gloire, et la paix, et l'amour:

» Au sein de ce tombeau, corruptible matière,

» Dans le ciel, plus brillants, plus purs que la lumière.

» Le jour que, dans son vol, doit s'arrêter le Temps,

» Dieu dira : Levez-vous, arides ossements; (15

» Et, brisant aussitôt la chaîne qui les lie,

» Vos corps se lèveront pour renaître à la vie,

» Sans craindre désormais les orages du sort,

» Les traits de la douleur, ni la faulx de la mort.

» Honneur à JÉHOVAH, dont la toute-puissance,

» Des corps ressuscités épurant la substance,

» Élève jusqu'à lui la faible humanité,

» Et la revêt de gloire et d'immortalité! » (16

Les astres, dans leur cours, à ces divins cantiques

Mariaient à l'envi leurs concerts magnifiques :

Les Anges vers le ciel reprennent leur essor;

Ils avaient disparu, je regardais encor,

Et mon oreille, encor attentive et ravie,

S'abreuvait des torrents de leur sainte harmonie. (17

   Pourquoi t'évanouir, touchante vision?

Mon cœur en eût long-temps nourri l'impression;

Mais les impiétés, dans le temple exercées,

Ramenant vers ce lieu mes pas et mes pensées,

Suspendirent le cours de mon enchantement.

   Quel aspect lamentable! ô sacré monument

De la religion, et des Rois, et des âges!
Tu ne peux désormais qu'attester nos ravages :
Douze siècles en vain défendaient ta grandeur,
Un jour a dévoré toute cette splendeur.
Ainsi, de tant de Rois, de tant de morts célèbres,
Qu'enfermaient de tes murs les augustes ténèbres,
Aujourd'hui mes regards, indignés et surpris,
Du grand Turenne seul rencontrent les débris.
Hélas! peut-être, hélas! ce fatal privilège
Le rendra-t-il l'objet d'un nouveau sacrilège!
Turenne, on t'a ravi ton titre le plus beau,
Séparé de tes Rois, privé de leur tombeau. (18

    Alors il me sembla, sur la France avilie
Voir de l'impiété planer le noir génie,
Qui, partout répandant le tumulte et l'erreur,
Et fier de proclamer l'œuvre de sa fureur,
En prescrivait partout le monstrueux exemple.
Au culte des Chrétiens, banni de chaque temple,
Il opposait des chants et des dogmes nouveaux,
En prêtres quelquefois transformait les bourreaux;
Sur les autels sacrés où le vrai Dieu s'immole,
Élevait une impure ou sanguinaire idole, (19

2.

Chassait de tous les cœurs l'honneur et le remords,
Et des champs du repos, les plus illustres morts.
Que d'ombres à sa voix, dans leur sommeil troublées,
Sans espoir d'y rentrer, fuyaient leurs mausolées!
J'entendais tour à tour gémir le grand Buffon,
Le vertueux Penthièvre et le brave Biron. (20
Je voyais exhumer cette femme immortelle,
La seule, dans son art, sans rivaux ni modèle,
Sévigné, qui, puisant au foyer de son cœur,
Le charme et le secret d'un talent créateur,
Et vouant à sa fille et ses jours et ses veilles,
Orna, sans y songer, le siècle des merveilles.
Paris livrait en proie à ce même attentat,
Beaumont, ce magnanime et bienfaisant prélat, (21
Qui voulut affermir, invincible colonne,
Son Dieu sur les autels, et son Roi sur le trône.
Ingrats! à cet Ambroise, à ce Vincent nouveau,
Osez-vous donc ravir le droit saint du tombeau?
Ah! plutôt recueillez ses cendres tutélaires;
Vous êtes les enfants dont il nourrit les pères.
Puisqu'ils ont aboli ton culte et tes autels,
Quel sort préparent-ils à tes débris mortels,

O vierge, que Nanterre éleva sous le chaume, (22)
Ange, ami de la Seine, Ange, ami du royaume !
Est-ce toi qu'en tumulte on traîne dans Paris ?
Ciel ! que vois-je ? en poussant les plus féroces cris
Ils dressent un bûcher, et la sainte victime
Disparaît dans les feux, réservés pour le crime.
O Paris ! sacrilège et barbare cité !
 Et partout la terreur, partout l'impiété
Des mêmes attentats multipliait l'image ;
Partout enfin, bannis de leur saint héritage,
Et rendus au séjour du crime et des douleurs,
Les morts redemandaient une tombe et des pleurs :
Mais au peuple des morts, errant sans funérailles,
L'homme, ainsi que la terre, a fermé ses entrailles ;
Et des monstres nouveaux rejettent à la fois
La plainte des sujets et la plainte des Rois.
Ah ! plus on veut des Rois avilir la poussière,
Plus elle m'est sacrée, et plus elle m'est chère ;
Et je porte en ce lieu, noir de tant de forfaits,
Le respect d'un Chrétien et le cœur d'un Français.
 Alors la voix du temps répète à ma mémoire
De ce Temple sacré l'origine et la gloire :

C'était ici le champ, où tu vins autrefois,
Sensible *Catulla*, de l'apôtre Gaulois
Honorer le martyre, et, fille encor payenne,
Recueillir le trésor d'une cendre chrétienne.
Notre foi reconnaît son berceau dans ce lieu,
Et l'église première, asile du vrai Dieu.
Ici fleurit l'école où l'humaine sagesse,
Des héritiers du trône instruisant la jeunesse,
Ouvrait, pour leur tracer l'inconstance du sort,
Les archives du temps et celles de la mort. (²³
Ici venaient nos Rois expier les batailles,
Pleurer des nations les grandes funérailles,
Et, devant cet autel, où triomphait Denis,
Humilier leur sceptre, et la gloire des lis.
Ici j'entends crier ces murs, ce sanctuaire,
Ces caveaux dépeuplés, la prophétique chaire
D'où le grand Bossuet, Aigle de l'Éternel,
Élevait, dans son vol, la terre jusqu'au ciel.
Sublime Bossuet! aux éclats de ta foudre,
Quand on croyait des Rois voir tressaillir la poudre,
Et de leurs descendants chanceler la grandeur,
L'avenir t'ouvrait-il sa noire profondeur?

Y lisais-tu qu'un jour , plaintives , désolées ,
De ce temple désert leurs ombres exilées
Demanderaient en vain , à nos cœurs sans remords ,
Le repos dont jouit le plus obscur des morts ,
Et que l'impiété , pour cantiques suprêmes ,
Chargerait leur tombeau de haîne et de blasphêmes ?

Ah ! du moins expions ces horribles adieux.
J'entends se disperser , s'enfuir , loin de ces lieux ,
Des morts et des vivants cette horde ennemie ,
D'un triomphe exécrable emportant l'infamie :
La piété m'appelle à consoler nos Rois ;
Homme , Chrétien , Français , je me rends à sa voix.
Et quel est le Tyran , dont la rage insensée
Peut commander à l'âme , et punir la pensée ,
Du dernier de ses droits dépouiller le malheur ,
Des liens du silence enchaîner la douleur ,
Transformer en complots des soupirs légitimes ,
La prière en révolte , et les larmes en crimes ?

Soudain je sors du temple , et mes pieux accents
Vont saluer des Rois les mânes gémissants ,
Qui semblent me prêter une oreille attendrie.
Sujet respectueux , je les plains , et m'écrie :

Qu'enfin dans cet asile ils reposent en paix !
Que la pitié du moins y vienne désormais
Offrir à leur mémoire un tribut de prières :
Pour avoir été Rois, en sont-ils moins nos frères ?
La haine arma contre eux nos sacrilèges bras ;
La haine a-t-elle dû survivre à leur trépas ?
Qu'ils reposent en paix ! que l'oubli des outrages,
Dont on noircit encor leurs noms et leurs images,
Les suive dans la nuit du suprême sommeil,
Jusqu'à la fin des temps, au grand jour du réveil,
Où nous les verrons tous, dans leur sainte clémence,
Prier pour leurs bourreaux, et pour ceux de la Franc
   Viendront-ils en ces lieux ramper, les courtisans ?
Viendront-ils de leur muse y vendre les présents,
Ces Poètes flatteurs, race avide et frivole,
Pour qui toute la gloire est dans l'or du Pactole ;
Ces lâches qui, d'un vers ingrat et clandestin,
Ont, le soir, outragé l'idole du matin,
Et qu'ensuite on a vus, dans leurs chants magnanimes
Honorer les bourreaux, insulter aux victimes,
Fiers et bas tour-à-tour, politiques serpents,
Par instinct à la fois et par calcul rampants,

Qui traînent, d'un parti dans le parti contraire,
L'opprobre d'un talent servile et mercenaire ?

Mais quelles sont ces fleurs qu'un vent religieux
Amène sur son aile et dépose en ces lieux ?
Quoi ! tu quittes le temple, où vivent tes racines,
Pieuse Giroflée, amante des ruines,
Et ton tribut fidèle accompagne nos Rois !
Ah ! puisque la terreur a courbé sous ses lois
Du Lis infortuné la tige souveraine ;
Que nos jardins en deuil te choisissent pour Reine :
Triomphe sans rivale, et que ta sainte fleur
Croisse pour le tombeau, le trône et le malheur!

J'ose invoquer pour eux, sujet de leur royaume,
L'humble droit du berger qui vécut sous le chaume,
Un asile secret : martyrs après leur mort,
De l'apôtre gaulois ils réclament le sort ;
Qu'ils en jouissent donc : la piété payenne
Invite à ce devoir la charité chrétienne;
Qu'ils possèdent en paix ce lugubre séjour,
Où la France peut-être ira pleurer un jour ;

Que d'un peu de gazon l'humble magnificence
De leur dernier palais décore l'indigence; (24
Que la Religion sur ce Tombeau de Rois
Vienne élever, un jour, le trône de la Croix;
Qu'elle vienne au plutôt, consacrant cette enceinte,
En vêtements de deuil, y répandre l'eau sainte!

Je crus alors, je crus de ces Rois exilés
Entendre, en m'éloignant, les mânes consolés.
Que ne pouvais-je, hélas! d'un Roi trop populaire,
Trop faible, trop clément, consoler la poussière!
Louis, des souverains le plus infortuné!
Par la mort de ton frère au trône condamné, (25
Lorsque tu recueillais tous les vœux de la France,
Par tes vertus encor plus que par ta naissance,
Qui l'eût dit que, déchu d'un empire si beau,
On dût à ta poussière interdire un tombeau,
Ton nom à notre voix, à nos yeux ton image;
Et qu'en ces jours de sang, de deuil et d'esclavage,
La seule piété, fidèle à tes malheurs,
Viendrait furtivement te donner quelques pleurs?
Reçois-en le tribut: ah! trop digne d'envie
Celui qui, s'arrêtant sur le seuil de la vie,

T'abandonna le trône, et, détournant les yeux,
Prit un rapide essor vers le trône des cieux.
Mais ton destin me touche et doit peu me surprendre :
La Mort même semblait avoir proscrit ta cendre ;
Du Sépulcre, peuplé des Princes de ton sang,
Ton aïeul, plus heureux, ferma le dernier rang :
Quand, pour le saluer de tes adieux funèbres,
Tu vins de cet abîme aborder les ténèbres,
Ton regard aperçut, sans doute avec effroi,
Qu'il ne s'y trouvait pas une place pour toi.
Qui sait, qui me dira si de ce noir présage
Ta sagesse entendit le sinistre langage ?
Cet oracle, rendu par la voix de la Mort,
T'aura-t-il révélé que le torrent du sort
Entraînerait bientôt ton empire et ta race ?
Ainsi de la grandeur le fantôme s'efface.
La France a vu briller sur le trône des lis,
Le sang de Charlemagne et le sang de Clovis :
La race de Capet.... Une race nouvelle
La remplace, fleurit, et doit passer comme elle.
Enchaîne cette loi de la fatalité
Dans l'abîme profond de ton éternité.

O mon Dieu ! souviens-toi de toutes nos misères,
Pour rendre nos enfants plus sages que leurs pères.
Souviens-toi du héros, dont nos vœux, chaque jour,
Des rivages du Nil invoquaient le retour.
Quels exploits de son règne ont signalé l'aurore !
Mais pour nous, mais pour lui, grand Dieu, fais plus encore
Accomplis, s'il se peut, l'ouvrage de ta main.
C'est peu que, par tes soins, ce jeune Souverain,
De l'hydre des partis brisant toutes les têtes,
S'élève et s'affermisse au milieu des tempêtes ;
C'est peu qu'il soit l'arbitre ou le vainqueur des Rois,
Que la France lui doive et son culte et ses lois,
Qu'il ait conquis enfin ces deux trônes de gloire,
Où brille sous ses traits l'Ange de la Victoire :
Joins encor à l'éclat de ses lauriers vainqueurs
Les touchantes vertus qui subjuguent les cœurs ;
Qu'il soit, comme Henri, le père de la France ;
Il l'égale en valeur, qu'il l'efface en clémence.
Rends-nous dans ce Héros, enrichi de tes dons,
Charles cinq, Louis douze et le chef des Bourbons,
Et du dernier Louis les vertus paternelles.
Puisse-t-il, plus heureux, plus grand que ses modèles,

Attacher aux destins de l'Empire Français
Son génie invincible et des siècles de paix ;
Et que sa Dynastie, à jamais illustrée,
Des règnes les plus longs surpasse la durée !

　　Mais que peuvent, hélas ! notre amour et nos vœux ?
Les flots toujours changeants de ce monde orageux
D'un fondement certain privent nos espérances ;
Il faut que tôt ou tard de nouvelles Puissances,
Aux États corrompus apportant d'autres lois,
De leurs trônes vieillis précipitent les Rois.
Ciel ! à quels grands revers les grandes destinées
Sous un perfide éclat demeurent condamnées !

　　Plongé dans ces pensers, une sainte terreur
De mes sens tout à coup passa jusqu'à mon cœur ;
Je crus entendre Dieu, sur un char de nuages,
Éclater en ces mots par la voix des orages :
« Français, peuple sans foi, peuple exterminateur !
» Mon bras, de vos géants courbera la hauteur. (26
» Au mépris de ma loi, vous détrônez vos maîtres,
» Et de leur tombe encor vous chassez leurs ancêtres !
» De ce temps sacrilège un éternel burin (27
» Grave le souvenir sur mon livre d'airain ;

» Et l'oubli n'en saurait anéantir la trace. (28

» Vos crimes toutefois n'enchaînent point ma grâce ;

» Calmez par de longs pleurs la colère des morts :

» La vertu se rallume au flambeau du remords. »

NOTES.

J'ai le regret de ne pouvoir qu'indiquer ici le beau cha-
pître de M. de Châteaubriand sur St.-Denis; mais il a trop
d'étendue pour être inséré dans mes notes : en rappeler le
souvenir au lecteur, c'est l'inviter à le relire, et lui assurer
une jouissance nouvelle. Mais je me fais un plaisir et un
devoir de rapporter deux fragments, trop courts, sur le
même sujet, dont l'un se trouve dans le *Printemps d'un
Proscrit*, et l'autre dans le poëme de l'*Imagination*.

> Aux murs de St.-Denis, dans cette église antique
> Qui montre au loin ses tours et son clocher gothique,
> Vingt rois dormaient en paix dans le même cercueil;
> La Gloire, en ce séjour de splendeur et de deuil,
> Souriait sur le marbre à leurs ombres royales,
> Et des règnes passés retraçait les annales.
> Hélas ! que reste-t-il de tous ces monuments,
> Consacrés par les arts et respectés des ans ?
> Turenne, Duguesclin, vos ombres désolées
> Désertent en pleurant ces pompeux mausolées;

Et vos rois, exhumés par la main des bourreaux,
Sont descendus deux fois dans la nuit des tombeaux.

Nous avons tous connu , dans l'éclat de sa gloire,
Ce roi, dont nos neveux béniront la mémoire;
Son ombre erre plaintive autour de ces palais,
Témoins de sa splendeur, témoins de ses bienfaits :
Et quand le crime heureux obtient l'apothéose,
Je cherche en vain la tombe où la vertu repose !
Sa poussière ignorée est le jouet des vents;
Un peuple aveugle insulte à ses mânes errants;
Et quand Janvier, ouvrant les portes de l'année,
Ramène de sa mort la fatale journée,
Ses bourreaux vont offrir à leurs dieux inhumains,
Ce sang pur et sacré qui souille encor leurs mains.
Détourne, ô Dieu! les maux que ce jour nous apprête :
Le supplice a son culte, et le meurtre a sa fête !

(Le Printemps d'un Proscrit, par M. Michaud,
4ᵉ. édition, p. 91 et 92.)

Ah! laissez, relégués dans leurs caveaux pompeux,
Sous le marbre imposteur qui flatte encor leurs ombres,
Tous ces rois fainéants qui, sous ces voûtes sombres,
Ont changé de sommeil, et qu'a jetés le sort
Du néant de leur vie au néant de la mort.
Mais pourquoi m'y cacher les mânes de Turenne ?
Leur cendre assez long-temps s'honora de la sienne.
Ah ! puisse au moins son corps, dans ce caveau sacré,
Reposer toujours cher et toujours révéré !

Mais que veut ce concours et ce peuple en furie?
O forfait exécrable! ô honte! ô barbarie !

Du vengeur de l'état le repos est troublé,
Ses honneurs sont détruits, son cercueil violé!
Sans respect du lieu saint, des ombres sépulcrales
On arrache à la mort ses dépouilles royales;
On brise leur couronne, on ouvre leurs tombeaux,
De sacrilèges mains dispersent leurs lambeaux.
En vain le grand Louis, paré par la victoire,
Repose environné des rayons de la gloire;
Le hasard le premier le présente à vos coups.
Barbares! contre lui que peut votre courroux?
L'orgueil de vos cités, ses sièges, ses batailles,
Les palmes de Denin, les lauriers de Marsailles,
Ces arts, d'un doux loisir nobles amusements,
Vos ports, vos arsenaux, voilà ses monuments!
Et contre tous ces rois que votre espoir dévore,
De leur royal débris vous vous armez encore.

(IMAGINATION, poëme par M. DELILLE, chant VII,
p. 170 et 171, in-8°.)

²⁾ PAGE 10, VERS 7.

Paris, dans cet instant, voit la hache inhumaine
Trancher sur l'échafaud la tête de sa reine.

Le mercredi 16 octobre 1793, dans le moment même
où la reine Marie Antoinette d'Autriche, eut la tête tran-
chée, on enleva, du caveau des Bourbons, le cercueil de
Louis XV, mort le 10 mai 1774, âgé de 64 ans.

[3] PAGE 10, VERS 11.

De quels nouveaux forfaits peut se noircir la France ?
Veut-elle, déployant sa stupide vengeance
Sur les rois endormis dans leurs saints monuments,
De ce palais de mort chasser leurs ossements ?

*Ejicient ossa regum Juda , et ossa principum ejus ,
ossa sacerdotum , et ossa prophetarum , et ossa eorum qui
habitaverunt Jerusalem , de sepulchris : non colligentur ,
non sepelientur , in sterquilinium supra faciem terræ erunt.*
(JÉRÉMIE, chap. 8.) « On chassera de leurs sépulcres les
» ossements des rois de Juda , de ses princes, de ses prê-
» tres, de ses prophètes et de tous ses habitants. Privés des
» honneurs de la tombe , ils seront dispersés ignominieu-
» sement sur la face de la terre. »
Ce passage de Jérémie contient l'Histoire exacte des sacrilèges, dont l'abbaye de St.-Denis et d'autres endroits de
la France, ont été le théâtre.

[4] PAGE 11 , VERS 2.

O, m'écriai-je, ô toi qui, sous ton sceptre antique
Rassemblais trois martyrs et dix siècles de Rois.....

L'église de St.-Denis a été bâtie sur le tombeau de
l'apôtre de ce nom , et de ses compagnons de martyre,

Rustique et Eleuthère. Le corps d'un des fils de Chilpéric, fut apporté de Braine en Soissonnais, à St.-Denis. Cette église, choisie entre les plus considérables du royaume, pour recevoir les restes d'un des fils de Chilpéric, commença dès lors à jouir de l'honneur qu'elle eut depuis, de servir de sépulture à la famille royale.

[5] PAGE 12, VERS 15.

Suger, enfant du cloître, et qui, né sans ancêtres,
Sut gouverner en père et la France et ses maîtres.

Suger, abbé de St.-Denis, homme très-supérieur à son siècle, ministre sous Louis-le-Gros et Louis-le-Jeune, fut surnommé, par ces deux rois, père de la patrie. Louis-le-Jeune voulut honorer de sa présence, les obsèques de ce grand et vertueux ministre, enterré dans l'épaisseur du mur de la croisée de l'église, du côté du midi, avec cette simple inscription : *hîc jacet Sugerius abbas ;* « ici repose « l'abbé Suger. »

[6] PAGE 12, VERS 17.

Et ce bon Duguesclin, dont la Victoire en deuil,
Sous les murs de Randon couronna le cercueil.

Bertrand Duguesclin, surnommé par nos aïeux le bon connétable, après avoir battu les Anglais dans toutes les rencontres, mourut au siège de Randon, dans la Basse-

Auvergne, âgé de 66 ans, le 13 juillet 1380. Le gou-
verneur de ce fort devait se rendre, le 12 du même mois,
s'il ne lui venait aucun secours. Révérant jusqu'à l'ombre
de Duguesclin, qu'il regardait, avec toute l'Europe,
comme le premier capitaine de son siècle, il alla, le len-
demain, se prosterner devant son cercueil, et il y déposa
les clefs de la ville. Charles V, inconsolable d'une si grande
perte, voulut donner une dernière preuve de son affection
à son cher connétable, en le mettant au pied du tombeau qu'il s'était préparé à lui-même. Charles VI fit célé-
brer un service solennel pour Duguesclin, neuf ans après
son décès. L'évêque d'Auxerre prononça son oraison funèbre, la première que l'on croit avoir été prononcée en
France, pour honorer la mémoire d'un simple particulier.
On trouve, dans Martène, la description vraiment cu-
rieuse et touchante des obsèques de Duguesclin. Je ne crains
pas de trop allonger cette note, en transcrivant ici deux
des dix-sept stances de cette description peu connue.

> Quant l'offrende si fut passée,
> L'évesque d'Auxerre prescha;
> Là ot mainte lerme plorée
> Des paroles qu'il leur récorda;
> Quar il conta comment l'espée
> Bertran de Glaiequin bien garda,
> Et comme en bataille rangée,
> Pour France grant poine endura.

> Les princes fondroint en larmes
> Des mots que l'évesque montroit;

Quar il disoit : Plorez, gens d'armes,
Bertrant qui très tant vous aimoit :
On doit regreter les fez d'armes
Qu'il fit au temps qu'il vivoit.
Dieu ayt pitié, sus toutes âmes,
De la sienne, quar bonne estoit.

(MARTENE , *Thesaurus anecdotorum* , tomus
tertius , p. 1502, Lutetiæ Parisiorum, 1717.)

7) PAGE 12, VERS 19.

Fille et femme de Rois, malheureuse Henriette....

Henriette de France , fille de Henri IV , épouse de l'infortuné Charles Ier. , roi d'Angleterre , mourut au couvent
de la Visitation à Chaillot , en 1669 , âgée de 60 ans. Le
roi fit transporter à St.-Denis , le corps de cette reine , qui
s'était donné à elle-même la qualité de reine malheureuse.

8) PAGE 13, VERS 7.

Toi, dont la Mort s'est plue à conserver les traits....

Suivant le procès-verbal rédigé par le prieur de St.-De-
nis , témoin oculaire et forcé de toutes les dévastations
commises dans cette église, le corps de Louis XIV était
parfaitement reconnaissable ; ainsi que celui de Henri IV.

9) PAGE 13, VERS 17.

Objets d'aversion dans la France rebelle,
Objets de tant d'amour dans la France fidèle.

Je ne prétends pas faire le procès à ceux qui ont rêvé la chimère de la république. Il en est un très-grand nombre de vertueux ; il en est que je me suis toujours honoré de compter parmi mes amis ; mais comme l'expression de *France rebelle* pourrait choquer quelques partisans du système républicain, je crois devoir l'expliquer et la justifier, en disant que, dans la sévérité des principes monarchiques, le poète a le droit de regarder comme passagèrement *rebelles* ou *égarés*, mots synonymes dans le cas dont il s'agit, ceux qui avaient entrepris de substituer un nouvel ordre de choses au gouvernement établi depuis quatorze siècles. Car, suivant la remarque très-judicieuse de M. Anquetil, il n'y a jamais eu, à proprement parler, que deux partis dans l'assemblée constituante : les royalistes et les républicains.

10) PAGE 14, VERS 21.

Et de ce lieu désert, muet pour l'avenir,
Que sous les pas du Temps meure le souvenir.

Après cette horrible délibération, que nous n'avons pas le triste mérite d'avoir imaginée, une fosse commune re-

-çut les entrailles des rois; et l'on porta le plomb des cer-
cueils à la fonderie, qu'on avait établie dans le lieu même
de la scène.

¹¹⁾ PAGE 15, VERS 21.

Du poignard sur ton sein est empreinte la marque.

Lorsque Henri IV fut assassiné, par Ravaillac, rue de la
Féronnerie, il allait à l'Arsenal. On voit encore, à la bibliothèque de ce nom, le cabinet où ce bon roi travaillait
avec Sully, les fauteuils où il s'assit, la table où il écrivit,
la glace qui réfléchit ses traits. On croit que les peintures de
ce cabinet sont de Voët, par conséquent postérieures, de
quelques années, à Henri IV. Les Vandales ont oublié de
porter leurs regards destructeurs sur ce sanctuaire, que vi-
sitent, avec un respectueux attendrissement, tous les cu-
rieux, attirés par la superbe bibliothèque de l'Arsenal, la
plus belle de France, après la bibiothèque Impériale.

¹²⁾ PAGE 16, VERS 9.

Tandis que de ces Rois, la haine et le mépris
Dans un tombeau profane entassent les débris.

*Congregabuntur reges terræ in congregatione unius
fascis in lacum.* « Je ferai, dit l'Eternel, je ferai de tous
» les rois de la terre un faisceau, et je les jetterai dans
» l'abîme. »   (ISAIE, chap. 24, vers. 21 et 22.)

[13]) PAGE 16, VERS 11.

Quels hommes dans son temple avilissaient la gloire!
Quel adultère encens fumait en leur mémoire!

Mirabeau, Marat, Châlier, portés en triomphe au Panthéon.

[14]) PAGE 16, VERS 17.

Oui, malgré les clameurs de l'incrédulité,
Disais-je, ce tombeau touche à l'éternité.

Tumulus cum æternitate communicat. « Un tombeau
» communique avec l'éternité. »

(Sti. EPHRAEM Syri canones funebres.)

[15]) PAGE 18, VERS 1.

Le jour que, dans son vol, doit s'arrêter le Temps,
Dieu dira : Levez-vous, arides ossements....

Ossa arida, audite verbum dei. « Ossements arides,
» écoutez la parole de Dieu. »   (EZECHIEL, chap. 37.)

[16]) PAGE 18, VERS 7.

Honneur à JÉHOVAH, dont la toute-puissance,
Des corps ressuscités épurant la substance,
Élève jusqu'à lui la faible humanité,
Et la revêt de gloire et d'immortalité !

Canet tuba, et mortui resurgent incorrupti, oportet

enim corruptibile hoc induere incorruptionem, et mortale hoc induere immortalitatem. « Au son de la trompette, les » morts ressusciteront incorruptibles ; car il faut que ce » corps corruptible soit revêtu de l'incorruptibilité, et » que ce corps mortel soit revêtu de l'immortalité. »

(Première épître de St.-PAUL, chap. 15, vers. 53.)

[17] PAGE 18, VERS 15.

Et mon oreille, encor attentive et ravie,
S'abreuvait des torrents de leur sainte harmonie.

Nous avons tâché de faire passer dans notre langue cette expression d'Horace, si heureusement hardie : *bibit aure.*

. . . . Sed magis
Pugnas et exactos tyrannos
Densum humeris bibit aure vulgus.

(ODE XIII, lib. 2.)

[18] PAGE 19, VERS 9.

Hélas ! peut-être, hélas ! ce fatal privilège
Le rendra-t-il l'objet d'un nouveau sacrilège.
Turenne, on t'a ravi ton titre le plus beau,
Séparé de tes rois, privé de leur tombeau.

Le corps de Turenne, exhumé en 1793, resta exposé dans le cabinet d'Histoire naturelle du jardin des Plantes, à côté d'un singe, jusqu'au 27 germinal an 7. Placé ensuite dans un sarcophage, au musée des Monuments fran-

çais, il en fut retiré, par ordre des consuls, et porté,
le 1ᵉʳ. vendémiaire an 9, avec pompe, dans l'Église
des invalides, où du moins il a recouvré le tombeau que
sa famille lui avait élevé à St.-Denis, et qui avait été con-
servé, dans le musée, par M. Alexandre Lenoir.

¹⁹⁾ PAGE 19, VERS 22.

Élevait une impure ou sanguinaire idole....

  Treize ans avant la révolution, on recueillit les paroles
prophétiques, dont le père Beauregard fit retentir les voûtes
de Notre-Dame de Paris, et que nous avons vu s'accomplir
si littéralement. « Oui, c'est au roi et à la religion que les
» philosophes en veulent, s'écria l'orateur sacré; la hache et
» le marteau sont dans leurs mains; ils n'attendent que l'ins-
» tant favorable pour renverser le trône et l'autel. Oui, vos
» temples, seigneur, seront dépouillés et détruits, vos
» fêtes abolies, votre nom blasphêmé, votre culte pros-
» crit. Mais, qu'entends-je, grand Dieu! que vois-je?....
» Aux saints cantiques, qui faisaient retentir les voûtes sa-
» crées en votre honneur, succèdent des chants lubriques
» et profanes! Et toi, divinité infâme du paganisme, im-
» pudique Vénus, tu viens ici même prendre audacieuse-
» ment la place du Dieu vivant, t'asseoir sur le trône du
» saint des saints, et recevoir l'encens coupable de tes nou-
» veaux adorateurs. »

Avant le père Beauregard, le père Neuville avait égale-
ment prédit la révolution et ses crimes.

[20]) PAGE 20, VERS 5.

J'entendais tour à tour gémir le grand Buffon,
Le vertueux Penthièvre et le brave Biron.

« Les barbares officiers municipaux de Montbard, m'é-
crivait M. de Buffon le fils, peu de jours avant son supplice, « ont exhumé mon père, sous prétexte que, s'il eût
» vécu, il n'aurait pas été patriote; ils ont osé l'arracher de
» ce pavillon, dont Jean-Jacques baisa respectueusement le
» seuil, quand il apprit que c'était là que mon père avait
» composé l'*Histoire naturelle*. »

Le vertueux Penthièvre.....

J'ai horreur d'apprendre au public, qu'il était dans la
destinée de ce prince si religieux, si modeste, si bienfaisant, de trouver, à Dreux, après son exhumation, un échafaud, une hache révolutionnaire et un bourreau.

Et le brave Biron.

Armand de Gontaud de Biron, l'un des quatre premiers
barons du Périgord, maréchal de France sous François I,
Henri II, François II, Charles IX, Henri III et Henri IV,
eut la tête emportée d'un boulet de canon au siège d'Éper-

nay en Champagne. Ainsi s'accomplit en sa personne l'emblême et la devise qu'il avait adoptés : c'était une mêche allumée, avec ces mots : *Perit, sed in armis* : « elle s'éteint, mais au milieu des armes. » Son corps, après avoir reçu à St.-Denis les honneurs qu'on rendait aux souverains, fut porté à Biron en Périgord ; d'où il a été ignominieusement exhumé sur la fin de 1793. Le Maréchal de Biron s'honorait d'être parvenu à la première charge militaire, après avoir passé par tous les grades subalternes. Le célèbre Lanoue et Brantôme prétendent qu'il était le plus grand homme de guerre de toute la chrétienté.

[21] PAGE 20, VERS 13.

> Paris livrait en proie à ce même attentat,
> Beaumont, ce magnanime et bienfaisant prélat....

Ce nom, synonyme de bienfaisant, doit être, à plus d'un titre, cher à l'humanité, à la religion et à la politique. La grande Chartreuse, les églises de Grenoble, de Vienne, etc., fondées dans les 11e. et 12e. siècles, comptaient *les seigneurs de Beaumont en Dauphiné*, au rang de leurs premiers et principaux bienfaiteurs ; et l'un des sujets de cette famille, dont descendait notre archevêque, Amblard de Béaumont, ministre principal, cousin et ami de Humbert II, détermina, par ses travaux et son heureuse politique, la donation du Dauphiné à la France, en 1349, selon le témoignage de Philippe de Valois, du roi Jean, de Charles V, de tous nos rois et de nos meilleurs historiens. Les réclamations de quelques pauvres présents à l'exhumation du saint archevêque de Paris, empêchèrent que ses os ne fussent dispersés ; ils reposent encore à Notre-Dame, dans la chapelle dite de *Beaumont*, où ses petits-neveux ont rétabli son épitaphe, composée par le savant abbé Brotier, laquelle faisait partie du mausolée de ce prélat.

[22] PAGE 21, VERS I.

O vierge, que Nanterre éleva sous le chaume !

Sainte Geneviève, née à Nanterre, près de Paris, l'an 419, sous l'empire d'Honorius et de Théodose le jeune, mourut cinq semaines après Clovis, l'an 512, respectée et chérie des rois, des prélats et des peuples, qui la regardaient comme l'Ange du Seigneur. Elle engagea Clovis et Clotilde à bâtir l'église de St.-Pierre et St.-Paul (appelée aujourd'hui Ste.-Geneviève). Son corps y fut porté, avec pompe, près de celui de Clovis, et y resta exposé à la vénération des fidèles jusqu'à la révolution. On l'a toujours regardée, non seulement comme la patrone des Parisiens, mais comme la protectrice perpétuelle du royaume. La piété de saint Éloi fit à cette sainte, l'an 630, une châsse magnifique qui fut renouvelée par saint Louis. Cette châsse, durant la terreur, a subi le sort de tous les monuments de ce genre ; et les ossements de sainte Geneviève ont été brûlés sur la place de Grève, au milieu des hurlements et des danses d'une populace en délire.

[23] PAGE 22, VERS 7.

Ici fleurit l'école où l'humaine sagesse,
Des héritiers du trône instruisant la jeunesse,
Ouvrait, pour leur tracer l'inconstance du sort,
Les archives du Temps et celles de la Mort.

*Inde reges, principes, cæterique nobiles ad discendum
Dei timorem cum litteris, liberos suos monachis intra
claustra tradiderunt instituendos.*

(LANGIUS, *in Chronico citizenci.*)

« Les rois, les princes et la noblesse du royaume confiè-
» rent aux moines (de St.-Denis), le soin d'instruire leurs
» enfants, et de les former, dans leur cloître, à la crainte
» de Dieu. »

[24] PAGE 26, VERS I.

Que d'un peu de gazon l'humble magnificence
De leur dernier palais décore l'indigence;

Le chapitre de M. Kotzebue sur St.-Denis, dans ses
Souvenirs de Paris en 1804, inexact à tous égards, est
une espèce de drame, dont les personnages sont, M. Kotzebue, *une charmante mortelle*, et le suisse de l'Abbaye,
qu'il nous peint sous les traits de Jérémie, pleurant sur les
débris du temple de Jérusalem. L'attendrissement religieux
de ce Suisse, la possibilité de retrouver les ossements de

Henri IV, la tombe des rois couverte de gazon, tout cela est de l'invention du voyageur, ou l'effet de sa crédulité. *Le bon Suisse qui*, selon M. Kotzebue, *semblait regretter quelque vieux ami, dont l'image flottait encore devant lui*, n'est qu'un Suisse très-froid et très-indifférent à tous ces objets funèbres ; les ossements de Henri IV furent confondus avec ceux des autres rois ; et la tombe commune, où ils furent jetés, est un endroit nu, découvert, et exposé aux profanations de toute espèce. J'aime à regarder aussi comme un personnage imaginaire, *l'aimable compagne, la charmante mortelle, à qui M. Kotzebue donnait le bras, et qui, dans le souterrain, était obligée de se rapprocher de lui, pour ne pas fouler la place, où dormaient les morts.*

Non hoc ista sibi tempus spectacula poscit.

Le voyageur, qui voulait visiter St.-Denis, le poète, qui voulait y chercher l'inspiration, devaient y aller seuls, et ils ne pouvaient y entendre que la voix des ruines, des souvenirs et de la mort.

[25] PAGE 26, VERS 11.

Louis, des souverains le plus infortuné !
Par la mort de ton frère au trône condamné....

Louis-Joseph-Xavier de France, duc de Bourgogne, fils de Louis dauphin, frère aîné de Louis XVI, mort le 22 mai 1761, âgé de neuf à dix ans.

26) PAGE 29, VERS 18.

Mon bras, de vos géants courbera la hauteur.

Incurvabitur altitudo virorum. (ISAÏE, ch. 2.)
Le mot *géant*, dans l'Écriture sainte, signifie un homme
puissant.

27) PAGE 29, VERS 21.

De ce temps sacrilège un éternel burin
Grave le souvenir sur mon livre d'airain,

Peccatum Juda scriptum est stylo ferreo, in ungue ada-
mantino.   (JÉRÉMIE, ch. 17.)

28) PAGE 30, VERS 1.

Et l'oubli n'en saurait anéantir la trace.

Dabo vos in opprobrium sempiternum, et in ignominiam
æternam quæ numquam oblivione delebitur.
                        (JÉRÉMIE, ch. 23.)

FIN.

www.ingramcontent.com/pod-product-compliance
Lightning Source LLC
Chambersburg PA
CBHW071252210626
46818CB00013B/1382